In den wundersamen und komischen Gedichten und Geschichten von Robert Gernhardt und den magischen Bildern von Almut Gernhardt eröffnen sich rätselhafte Welten und abenteuerliche Reisen. Gemeinsam erzählen sie von Menschen und Tieren, von Mut und Angst, von Spiel und Ernst, von Freundschaft und Liebe. Ein großes Vergnügen an Wort und Bild für Jung und Alt.

Die sechs Kinderbücher sind im Fischer Taschenbuch Verlag lieferbar: ›Ich höre was, was du nicht siehst‹, ›Mit dir sind wir vier‹, ›Ein gutes Schwein bleibt nicht allein‹, ›Was für ein Tag‹, ›Der Weg durch die Wand‹ und ›Feder Franz sucht Feder Frieda‹.

Robert Gernhardt (1937–2006) lebte als Dichter und Schriftsteller, Maler und Zeichner in Frankfurt am Main und in der Toskana. Er erhielt zahlreiche Auszeichnungen, darunter den Heinrich-Heine-Preis und den Wilhelm-Busch-Preis. Sein umfangreiches Werk erscheint bei S. Fischer, zuletzt ›Toscana mia‹ (2011) und ›Hinter der Kurve‹ (2012).

Almut Gernhardt (1940–1989) studierte an den Kunsthochschulen in Bremen und Berlin Graphik und Malerei. In Frankfurt am Main arbeitete sie als Graphikerin, ab 1973 als freiberufliche Malerin und Illustratorin. Sie lebte und arbeitete in Frankfurt am Main und in der Toskana.

Weitere Informationen, auch zu E-Book-Ausgaben, finden Sie bei www.fischerverlage.de

Robert Gernhardt

FEDER FRANZ SUCHT FEDER FRIEDA

Mit Bildern
von Almut Gernhardt

Fischer Taschenbuch Verlag

MIX
Papier aus verantwortungsvollen Quellen
FSC® C083411

Veröffentlicht im Fischer Taschenbuch Verlag,
einem Unternehmen der S. Fischer Verlag GmbH,
Frankfurt am Main, November 2012

›Feder Franz sucht Feder Frida‹ erschien erstmals 1985
im Insel Verlag, Frankfurt am Main.
Satz: Pinkuin Satz und Datentechnik, Berlin
Druck und Bindung: CPI – Clausen & Bosse, Leck
Printed in Germany
ISBN 978-3-596-18925-0

Feder Franz
sucht Feder Frieda

Wisst ihr, was ein Maler ist? Nein, nein, die Frage ist gar nicht so dumm, wie sie sich anhört. Es gibt nämlich zwei Arten von Malern: solche, die Zäune, Wände, ja ganze Häuser anstreichen, und solche, die Bilder malen. Und ums Bildermalen geht es in dieser Geschichte. Und um zwei Federn, die Franz und Frieda heißen. Und um Moritz. Und um die Mutter von Moritz. Die nämlich ist eine Malerin, eine Bildermalerin, um ganz genau zu sein; und begonnen hatte die ganze Geschichte mit einem Geburtstagswunsch ...

»Weißt du, was übermorgen ist?«, fragte Moritz seine Mutter beim Mittagessen.

»Aber ja«, antwortete die Malerin, »dein Geburtstag.«

»Und weißt du auch, was ich mir wünsche?«

»Aber sicher«, sagte die Malerin. »Du hast doch jeden Tag einen neuen Wunsch. Gestern war es ein ferngesteuertes Auto, vorgestern eine Schallplatte, vorvorgestern waren es Rollschuhe.«

»Aber heute will ich etwas anderes!«, sagte Moritz.

Die Mutter seufzte. »Und woher nehme ich das viele Geld?«

»Was ich mir heute wünsche, brauchst du nicht zu kaufen. Du musst es bloß machen.«

»Machen?«

»Ja, machen«, sagte Moritz. »Ich wünsche mir, dass du mir ein Bild malst.«

Die Mutter seufzte wieder. »Ein Bild? In zwei Tagen? Was soll denn da drauf?«

Moritz zog etwas aus seiner Hosentasche. »Hier. Diese Feder.«

»Die Mutter seufzte zum dritten Mal.

»Ich hab sie im Garten gefunden«, sagte Moritz. »Und sie gefällt mir. Und ich wünsche mir ein Bild von dir, auf dem was drauf ist, was mir gefällt. Ich werde nämlich übermorgen –«

»Sieben«, sagte die Malerin. »Ich weiß, ich weiß! Aber weißt du auch, dass es ziemlich langweilig ist, ein Bild zu malen, auf dem bloß eine Feder drauf ist?«
»Du könntest ja etwas dazumalen«, sagte Moritz.
»Was denn?«
»Das krieg ich noch raus«, erwiderte Moritz, rutschte vom Stuhl und verschwand in seinem Zimmer.
Nach einer Weile kam er zurück.

»Hier. Ich habe die Feder in die Hand von meinem chinesischen Bleistiftanspitzer gesteckt. Der gefällt mir nämlich auch. Und mit der Feder gefällt er mir noch besser. Malst du mir die beiden?«
Die Malerin betrachtete die Figur mit der Feder. »Ich will es versuchen, Moritz«, sagte sie. Dann nahm sie eine Malpappe, einen feinen Pinsel und etwas braune Ölfarbe und begann, den kleinen Chinesen und die Feder auf die Pappe zu zeichnen.

Wisst ihr, was eine Feder ist? Ja, ja, die Frage ist genauso dumm, wie sie sich anhört. Aber wisst ihr auch, dass Federn Namen haben und dass sie reden, fliegen, sich sogar verlieben können? Die Federn in dieser Geschichte jedenfalls können das, und begonnen hatte alles auf einer Taube.

Tauben haben, wie jedermann weiß, Federn. Und auf einer solchen Taube wuchsen einmal zwei Federn auf, die auf die besonders schönen Namen Franz und Frieda hörten. Nun hat eine Taube bekanntlich viele Hundert Federn, große und kleine, breite und schmale, getupfte und einfarbige, doch wenn man Feder Franz gefragt hätte: »Welche ist die schönste von allen Federn?«, dann hätte er ohne Zögern »Frieda!« gesagt. Und hätte man Feder Frieda gefragt: »Welche von allen Federn ist dir die liebste?«, dann wäre ihre Antwort gewesen: »Franz!« Und wenn man den beiden gesagt hätte: »Aber die anderen Federn sind doch auch sehr schön!«, dann hätte Franz geantwortet: »Aber nicht so schön wie Frieda!«, und Frieda hätte gesagt: »Aber lange nicht so schön wie Franz!« Die beiden waren nämlich ineinander verliebt, und Verliebte glauben nun mal, dass der, den sie lieben, ganz besonders schön, prächtig, wichtig und liebenswert ist. Das ist bei Federn nicht anders als bei Menschen.

Und noch etwas haben alle Verliebten gemeinsam: Sie wollen alleine sein. So auch Feder Franz und Feder Frieda. Schon seit langem hatten sie Pläne geschmiedet, sich von der Taube mit ihren vielen Hundert anderen Federn zu trennen, und eines Tages handelten sie: Als die Taube ihren Morgenflug begann, ließen sie sich ganz einfach in den Wind fallen. Der trug sie fort, und als sie wieder zu Atem kamen, waren sie das, was sie sich schon immer gewünscht hatten: endlich allein.

»Nun kann uns nichts mehr trennen«, sagte Feder Franz zu Feder Frieda, und gemeinsam ließen sich die glücklichen Federn vom Wind in die Höhe wirbeln und weit übers Land tragen.
Das ging einen Tag so, das ging einen zweiten Tag so, doch am dritten Tag passierte es.
»Wo sind wir eigentlich?«, fragte Feder Franz.
»Du bist bei mir! Und ich bin bei dir!«, antwortete Feder Frieda. »Genügt dir das nicht?«

»Doch, doch, natürlich!«, sagte Feder Franz. »Aber wo befinden wir uns?« Und bevor Feder Frieda antworten konnte, rief er: »Dort über dem Meer sehe ich andere Federn fliegen! Vielleicht können die mir sagen, wo wir uns gerade befinden! Warte! Ich bin gleich wieder da!« Und fort war er.
Leider begann Feder Franz einen Schwatz mit den anderen Federn, und leider dauerte es darum etwas länger, bis er wieder zurückkam. Da erwartete ihn der größte Schreck seines Federlebens: Feder Frieda war weg!

Wisst ihr, wo Feder Frieda gerade steckt?
Erraten! In der Faust des kleinen Chinesen, mit dem Moritz seine Bleistifte anspitzt. Wie sie dahin geraten ist? Das war so: Während Feder Franz mit den anderen Federn schwatzte und schwatzte, hatte Feder Frieda gewartet und gewartet. Und weil Warten langweilig ist, macht Warten müde. So müde, dass Feder Frieda gar nicht merkte, wie ein Wind aufkam, der sie erst langsam, dann immer schneller forttrug. Als sie wieder aufwachte, war es zu spät. Plötzlich griff eine Hand nach ihr, und eine Stimme sagte: »Ej! Eine Feder!« Plötzlich wurde alles um sie her dunkel – Feder Frieda war in der Hosentasche von Moritz gelandet.
Wie und warum sie von dort in die Faust des Chinesen und auf den Tisch der Malerin geriet – das wissen wir bereits. Wer das alles aber nicht wusste, war Feder Franz. Er wusste nur eines: Er musste Feder Frieda so schnell wie möglich wiederfinden.
Wenn man bedenkt, dass Feder Franz noch nie in seinem Leben jemanden gesucht hatte, stellte er sich gar nicht so dumm an. Erst einmal versuchte er es mit Gucken. Dann, als er keine Frieda sah, mit Rufen. Dann, als ihm keine Frieda antwortete, mit Nachdenken. Wenn Feder Frieda nicht hier ist, dachte er, muss sie woanders sein. Aber wo ist woanders? Während er darüber nachdachte, ließ er sich vom Wind treiben, und plötzlich durchfuhr ihn der zweite Schreck seines Lebens. Doch diesmal war es ein freudiger Schreck, denn tief unter sich glaubte er Feder Frieda über dem klaren Wasser schweben zu sehen.
Rasch stürzte er hinab – aber nein! Das da war keine Feder, die überm Wasser flog, das war ein Tier, das im Wasser schwamm. Was für ein Tier? Darauf hätte Feder Franz keine Antwort gewusst, weil er noch nie einen Fisch gesehen hatte.

»Darf ich dich einen Augenblick stören?«, fragte Feder Franz höflich.
Der Fisch schwieg.
»Ich möchte dir eine kurze Frage stellen«, fuhr Feder Franz ebenso höflich fort.
Der Fisch antwortete nicht.
»Würdest du die große Freundlichkeit besitzen, mir eine ganz kleine Auskunft zu geben?«, fragte Feder Franz nun schon ein wenig lauter.

Der Fisch gab keinen Laut von sich.
»Ich bin sehr in Eile!«, rief Feder Franz. »Antwortest du mir nun? Ja oder nein?«
Der Fisch blieb stumm.
»So was Unfreundliches!«, schrie Feder Franz, und: »Sag mal – schämst du dich überhaupt nicht?«
Der Fisch schwamm wortlos davon, und Feder Franz flog zornig weiter.

Wisst ihr, warum der Fisch nichts gesagt hat?
Weil Fische stumm sind. Richtig. Aber so was muss einem erst mal gesagt werden, und Feder Franz hatte bisher noch sehr wenig von der Welt gesehen und gehört.
Wie groß die Welt ist, merkt man erst, wenn man etwas darin sucht. Je länger Feder Franz umherflog, desto größer kam sie ihm vor. Dann aber sagte er sich: Irgendjemand muss doch meine Feder Frieda gesehen haben! Und bald darauf sah er ein Tier, das ganz so aussah, als habe es schon alles gesehen, was es auf der Welt zu sehen gibt. »Entschuldige bitte die Störung«, sagte Feder Franz, »ich möchte dir eine Frage stellen.«
»Ihnen!«, sagte die Katze.
»Ihnen?«, fragte Feder Franz und sah sich verwundert um. »Aber ich sehe keine anderen. Du bist doch allein!«
»Das heißt: Sie sind allein!«, sagte die Katze.
»Sie?«, fragte Feder Franz noch verwunderter. »Wer sind denn ›sie‹?«
»Ich? Gestatten: Professor Dr. Dr. Katz, Verfasser des dreibändigen Werkes ›Alles über die Maus‹!«
»Das hast du geschrieben?«, fragte Feder Franz erstaunt.
»Nein: Sie!«, sagte die Katze.
»Wer?«, fragte Feder Franz – und so ging das hin und her, bis Feder Franz endlich begriff, dass Professor Katz nicht geduzt, sondern gesiezt werden wollte.
»Ich habe eine Frage an Sie«, begann er von neuem. »Ich suche –«
»Ich weiß!«, sagte die Katze. »Das suchen wir doch alle. Es ist klein –«
»Jawohl!«, sagte Feder Franz erstaunt.
»Es ist grau –«

»Richtig!«, sagte Feder Franz noch erstaunter.

»Es hat einen langen Schwanz und es schmeckt gut«, fuhr die Katze fort. »Ich weiß, ich weiß! Lesen Sie mein Buch ›Alles über die Maus‹, das unentbehrliche Werk für jeden, der kleine graue Mäuse sucht.«

»Aber ich suche keine Maus!«, rief Feder Franz. »Ich suche Frieda!«

Die Katze schaute nachdenklich in die Luft. »Nein«, sagte sie schließlich, »Sie irren sich! Der Name Frieda ist bei Mäusen ungebräuchlich. Die Maus, die Sie suchen, heißt sicherlich anders. Aber warum lange reden – es steht ja alles in meinem dreibändigen Werk ›Alles über die Maus‹!«

»Ich suche aber eine Feder!«, rief Feder Franz.

»Da können Sie lange suchen, junger Mann«, sagte die Katze. »Mäuse haben leider keine Federn. Lesen Sie dazu das Kapitel dreizehn meines dreibändigen Werkes –«, doch Feder Franz wartete das Ende des Satzes nicht ab. Verwirrt flog er weiter.

Wisst ihr, was Feder Franz von Professor Dr. Dr. Katz dachte? Ich kann nur so viel verraten, dass es keine liebevollen Gedanken waren und dass »alte Schwatzkatz« noch das Freundlichste war, was Feder Franz beim Weiterflug einfiel. Feder Franz war nicht lange geflogen, als er plötzlich ein Taubenhaus entdeckte. Wo ein Taubenhaus ist, sind auch Tauben, dachte er sich, und: Wo Tauben sind, ist auch Hilfe; und schließlich: Wo Hilfe ist, ist auch –, doch er kam nicht dazu, diesen Gedanken zu Ende zu denken, da eine Taube den Kopf aus dem Taubenhaus reckte und ihm zurief: »Nein danke, wir brauchen nichts, wir kaufen nichts!«

»Aber ich will doch gar nichts verkaufen«, sagte Feder Franz gekränkt. »Ich will nur –«

»Ach was!«, rief die Taube zurück. »Das sagt jeder, der was verkaufen will.«

»Aber nein!«, rief Feder Franz. »Ich will doch nur wissen –«

»Den Trick kenn ich!«, lachte die Taube. »Erst wollt ihr nur wissen, wie uns das neue Körnerkraftfutter ›Superpick‹ mit den tausend Aufbaustoffen schmeckt. Und in der Wohnung wird dann plötzlich der Bestellzettel rausgezogen, um eine klitzekleine Unterschrift gebeten, und unsereiner hat auf einmal hundert Packungen ›Superpick‹ im Haus und kann das Zeug schon nach der zweiten Mahlzeit nicht mehr sehen. Nein, nein, wir brauchen nichts, wir kaufen nichts!« Bei den letzten Worten schaute eine zweite Taube aus dem Taubenhaus. »Was will der uns verkaufen?«, fragte sie.

»Gar nichts!,« rief Feder Franz. »Ich will nur etwas fragen!«

»Siehst du?«, rief die erste Taube. »Er tut so, als ob er eine Meinungsumfrage macht.«

»Aber nein!«, rief Feder Franz verzweifelt.

»Sondern?«, fragte die zweite Taube.

»Warum redest du überhaupt mit ihm?«, fragte die erste Taube die zweite. »So hat es beim ›Superpick‹-Vertreter auch angefangen. Erst hast du mit ihm geredet, und schwupps war er in der Wohnung.«
»Aber du hast das ›Superpick‹-Kraftfutter unbedingt probieren wollen!«, sagte die zweite Taube zur ersten.
»Nein, du!«, rief die erste Taube zurück.
»Nein, du!«, schrie die zweite Taube.
So sehr sie auch brüllten, Feder Franz hörte sie nicht; der war längst traurig weitergeflogen.

Wisst ihr, wer noch schlimmer ist als einer, der nicht zuhören will?
Wenn ihr mich fragt: zwei, die nicht zuhören wollen. So viel hatte nun auch Feder Franz gelernt. Wenn ich das nächste Mal nach Feder Frieda frage, dann frage ich nur einen, sagte er sich. Und dieser eine sollte auf keinen Fall so alt wie Professor Schwatzkatz sein, sondern jung und freundlich und hilfsbereit. So wie ... wie ... wie ..., er schaute suchend um sich, so wie die da! Und so schnell er konnte, ließ sich Feder Franz zum Waldsee hinabgleiten, wo eine kleine Kröte auf einem großen Stein ein Sonnenbad nahm. Sie war gerade in ziemlich alberner Stimmung, doch da man den Leuten so etwas nicht ansehen kann, fragte Feder Franz sehr ernsthaft: »Darf ich dich fragen, wie du heißt?«
»Ich heize gar nicht«, sagte die Kröte und kicherte. »Es ist doch warm genug!«
»Nein, nein, ich meine: Wie lautet dein Name?«, fragte Feder Franz.
»Karoline Kröte«, sagte die Kröte wahrheitsgemäß, da ihr so schnell kein Witz einfiel.
»Sag einmal, Karoline«, bat Feder Franz, doch bevor er den Satz zu Ende bringen konnte, sagte die Kröte: »Karoline.«
»Habe ich doch gesagt!«, sagte Feder Franz verwundert. »Aber wie dem auch sei, Karoline, sage mir: Hast du eine kleine graue Feder mit einem dunklen Fleck gesehen?«
»Hast du eine kleine graue Feder mit einem dunklen Fleck gesehen?«, sagte die Kröte und kicherte wieder.
»Ich?«, fragte Feder Franz verdutzt. »Aber ich suche diese Feder doch selber. Deshalb bitte ich dich, mir zu sagen: Ist eine solche Feder hier vorbeigeflogen?«

»Ist eine solche Feder hier vorbeigeflogen?«, sagte die Kröte und kicherte wieder.
»Sag mal – was gibt's denn da zu lachen?«, fragte Feder Franz zugleich wütend und traurig.
»Was gibt's denn da zu lachen?«, sagte die Kröte prustend.
»Warum antwortest du mir denn nicht?«, rief Feder Franz.
»Aber ich antworte dir doch die ganze Zeit!«, kicherte die Kröte.
»Ach was! Du hast immer nur das wiederholt, was ich gesagt habe!«, rief Feder Franz zornig.

»Aber du hast es doch so gewollt!«, erwiderte die Kröte. »Zuerst hast du gesagt: Sag einmal, Karoline – und da habe ich einmal ›Karoline‹ gesagt. Dann hast du gesagt: Sage mir: Hast du eine kleine graue Feder mit einem dunklen Fleck gesehen? Und ich habe dir gesagt: Hast du eine kleine graue Feder mit einem dunklen Fleck gesehen? Und dann hast du mich gebeten, dir zu sagen –«, doch weiter kam die kleine Kröte nicht, da sie das alles so komisch fand, dass sie vor lauter Kichern gar nicht mehr reden konnte.

»Sehr witzig!«, rief Feder Franz bitter. »Sehr, sehr witzig!« Und dann flog er so rasch er konnte weiter.

Wisst ihr, was mit jedem Tag geschieht, auch mit dem traurigsten? Er geht einmal zu Ende. So auch der Tag, an dem Feder Franz seine Feder Frieda verlor. Schon war die Sonne gesunken, schon begann das Abendrot zu verdämmern, Feder Franz aber flog unermüdlich weiter. Je dunkler es wurde, desto größer wurden die Vorwürfe, die er sich machte.

»Alles meine Schuld!«, sagte er zornig. »Wie konnte ich meine Frieda auch nur einen Augenblick alleine lassen! Warum musste ich so lange mit den anderen Federn herumschwatzen! Ich treuloser Quatschkopf! Geschieht mir ganz recht, wenn ich jetzt durch die kalte Nacht fliegen muss, anstatt –«, da plötzlich spürte er einen kleinen, scharfen Schmerz, plötzlich flog er nicht mehr selber, er wurde geflogen, plötzlich endete der rasende Flug auf einer kühlen Mauer – Feder Franz war gefangen. Er erkannte rasch, wo er sich befand: Im Schnabel eines dicken Kauzes. Aber was wollte dieser Kauz von ihm?

»Aua!«, sagte Feder Franz. »Was machst du denn da?«

Der Kauz sagte kein Wort und fuhr fort, auf Feder Franz herumzukauen.

»Du denkst doch nicht etwa, dass ich essbar bin?«, fragte Feder Franz erschreckt.

»Mpf, mpf«, machte der Kauz und kaute.

Da begriff Feder Franz, dass er etwas tun musste. Aber was? Er konnte ja nur reden, und so redete er einfach drauflos:

»Königlicher Kauz!«, log er. »Die Welt rühmt und preist deine große Weisheit und unermessliche Güte. Deine große Weisheit wird dir sagen, dass man Federn nicht essen kann. Würdest du daher die unermessliche Güte besitzen, mich loszulassen?«

»Mpf, mpf«, machte der Kauz.

»Kraftvoller Kauz!«, fuhr Feder Franz eilig fort. »Es schmerzt mich mit ansehen zu müssen, wie du deine kostbare Zeit mit dem nutzlosen Versuch verbringst, eine Feder zu verspeisen. Aua! Lass mich bitte los!«
»Mpf, mpf«, machte der Kauz.
»Kenntnisreicher Kauz!«, sagte Feder Franz flehend. »Es wird dir nicht entgangen sein, dass ich völlig ungenießbar bin. Lass mich also los!«

»Mpf, mpf«, machte der Kauz.
»Komischer Kauz!«, rief Feder Franz. »Lass mich los!«
»Mpf, mpf«, machte der Kauz.
Da wurde es Feder Franz zu viel. »Aua!«, schrie er wütend. »Lass mich endlich los, du blöder Kackkauz!«
Verblüfft öffnete der Kauz den Schnabel. »Wie hast du mich genannt?«, krächzte er. Doch bevor er wieder zubeißen konnte, hatte sich Feder Franz bereits in die Lüfte geschwungen.
»Ich sagte: Edler Karl Kauz!«, rief er lachend.
»Karl Kauz?«, überlegte der Kauz. »Nein, nein«, schrie er dann, »du hast etwas anderes gesagt!«
Da aber war Feder Franz schon in der Dunkelheit verschwunden.

Wisst ihr, wie sich jemand fühlt, der gemalt wird?
Feder Frieda könnte es uns erzählen. Doch die sagt keinen Ton. Sie denkt nur immerzu an Feder Franz, seufzt hin und wieder unhörbar und versucht während der übrigen Zeit zu begreifen, was mit ihr und um sie herum geschieht.
»Weißt du, was morgen ist?«, fragte Moritz seine Mutter, als er aus der Schule kam.
»Doch nicht zufällig dein Geburtstag?«, fragte die Malerin.
»Hast du mein Bild schon fertig?«, wollte Moritz wissen.
»Tja«, sagte die Malerin, »am besten guckst du es dir mal an.«
»Och!«, sagte Moritz, als er vor dem Bild stand. »Mehr hast du nicht geschafft?«
»Mehr war nicht drin«, sagte seine Mutter. »Eine Feder zu malen ist schwieriger, als ich dachte. Und außerdem fehlt auf dem Bild immer noch was. Die Feder ist schön, der Chinese ist schön, aber beide zusammen ergeben noch kein schönes Bild. Irgendwas müsste noch dazukommen!«
»Das wird sich finden!«, sagte Moritz und verschwand in seinem Zimmer. Bald darauf kam er zurück und stellte zwei kleine Figuren neben den Chinesen mit der Feder. »Besser so?«, fragte er.
Die Malerin zog die Nase kraus. »Nein. Der Hund und die Ente sind sehr hübsch, aber wenn ich sie dazumalen würde, wäre das Bild zu voll. Nein, nein – da fehlt nur eine Kleinigkeit. Vielleicht sollte der Chinese auch etwas in der anderen Hand halten ... Aber was?« Sie überlegte. »Jetzt mal' ich erst mal den Chinesen, dann werden wir weitersehn!«
Sie drückte einige Tropfen Ölfarbe aus einigen Farbtuben am Rand des Tellers aus, goss etwas Terpentin in ein Gläschen und griff zum Pinsel. Doch bevor sie zu malen anfing, wandte sie sich plötzlich

an Moritz. »Sag mal – warum willst du eigentlich ein Bild von mir?«
»Na ja«, Moritz druckste herum. »Also, erstens finde ich deine Bilder toll ...«
»Und zweitens?«, fragte die Malerin.
»Es stimmt doch, dass Bilder mit der Zeit immer teurer werden?«, fragte Moritz zurück.
»Manche schon«, antwortete die Malerin. »Vor allem alte. Neulich

ist ein Bild von Dürer für fünf Millionen Mark verkauft worden.«
»Und deine Bilder – können die auch mal so alt werden?«, fragte Moritz.
»Ja sicher«, sagte die Malerin. »Ölfarbe auf Presspappe – das hält eine Ewigkeit.«
»Dann werde ich vielleicht mal Millionär, wenn ich ein Bild von dir habe«, sagte Moritz.
»Vielleicht«, sagte die Malerin und lachte. »Aber da müsste ich erst sehr berühmt und du sehr alt und das Bild vor allem fertig werden. Geh jetzt. Ich will weitermalen.«
»Ach Moritz!«, sagte sie, als er draußen war.
»Ach Franz!«, seufzte Frieda, doch das hörte niemand.

Wisst ihr, was Feder Franz gerade dachte, als Feder Frieda »Ach Franz!« seufzte?
Na was wohl. Ach Frieda!, dachte er. Und dann: Wo magst du wohl die Nacht verbracht haben? Und schließlich: Jetzt suche ich bereits einen Tag, eine Nacht und einen halben Tag, und noch immer habe ich nicht die geringste Spur von dir gefunden! Da hörte er eine Stimme:

»Spieglein, Spieglein, sage mir: Welches ist das schönste Tier?«
Verwirrt schaute Feder Franz um sich. Da saß eine junge Katze, die sich in ihrem Wassernapf spiegelte.
»Spieglein, Spieglein, bitte sprich! Ist *sie* schöner oder *ich?*«, fragte die Katze den Wassernapf.
Neugierig flog Feder Franz näher heran, doch alles, was er im Wassernapf sehen konnte, war das Spiegelbild einer Katze, die so aussah wie alle anderen Katzen auch.
»Entschuldige bitte die Störung«, sagte er. »Hast du zufällig eine kleine graue Feder gesehen?«
Die Katze blickte erstaunt auf. »Wer bist denn du?«, fragte sie, doch noch bevor Feder Franz antworten konnte, fuhr sie fort: »Bist du ehrlich?«
»Ja, ja«, erwiderte Feder Franz überrascht, »ich denke schon.«
»Sehr gut«, sagte die Katze. »Dann sag mir, ob du auch findest, dass meine Nase zu rot ist.«
»Auch?«, fragte Feder Franz. »Wer behauptet das denn?«
Die Katze verzog das Gesicht: »Meine liebe, liebe Freundin Luise behauptet das. Und was meinst du? Ist meine Nase zu rot oder nicht?«
»Aber nein!«, antwortete Feder Franz eilig. »Doch ich wollte eigentlich wissen –«
»Aha!«, unterbrach ihn die Katze. »Dann findest du also, dass meine Nase zu blass ist?«
»Ganz und gar nicht!«, sagte Feder Franz. »Sie ist genau richtig. Nicht zu rot und nicht zu blass.«
»Ach ja?«, fragte die Katze. »Dann denkst du also, dass ich eine ganz gewöhnliche Nase habe?«
»Aber nein, aber nein!«, rief Feder Franz. »Deine Nase ist wirklich spitze!«
»Was sagst du da?«, schrie die Katze. »Ich habe eine spitze Nase?

Wer hat dir denn das eingeflüstert? Meine Freundin Luise, wie? Die mit ihrer platten Schnute soll doch ganz still sein!«

»Ich kenne keine Luise!«, rief Feder Franz. »Ich wollte doch nur –«

Doch die Katze schaute schon wieder so angestrengt und forschend in den Wassernapf, dass er enttäuscht weiterflog.

Wisst ihr, dass die Zeit ganz unterschiedlich rasch vergehen kann? Auch Feder Franz musste diese Erfahrung machen. Je länger er Feder Frieda suchte, desto schneller schien die Zeit zu verfliegen. Und je schneller sie verflog, desto eiliger hatte er es. So eilig, dass er um ein Haar die Entenfamilie übersehen hätte, die den Bach hinunterschwamm.

»Einen schönen guten Tag, Frau Ente!«, rief Feder Franz. »Ich habe eine Frage!«

»Das freut mich aber«, antwortete die Ente ohne aufzuschauen. Sie drehte den Kopf und schnatterte: »Kommt, Kinder, kommt! Erna, trödel nicht so herum! Erwin, iss ordentlich deine Entengrütze, sonst bleibst du klein und schwach! Erika, halt dich gerade beim Schwimmen! Nein, Emil, das Märchen, das ich euch gestern erzählt habe, heißt ›Der Wolf und die sieben Geißlein‹ und nicht ›Der Wolf und die sieben Entlein‹. Kommt, Kinder, kommt! Immer schön zusammenbleiben!«

Geschäftig schwamm die Entenfamilie weiter, ohne sich um Feder Franz zu kümmern.

»Frau Ente!«, rief Feder Franz. »Ich brauche Ihre Hilfe!«

»Ach, wirklich?«, fragte die Ente und schaute schon wieder suchend um sich. »Das ist ja außerordentlich interessant! Wo ist denn nur Erna? Erna! Hierher! Erwin! Untersteh dich, Erna zu beißen! Erika, man schnattert nicht mit vollem Munde! Nein, Emil, Wölfe können nicht fliegen. Wer hat dir denn das erzählt? Weiter, Kinder, weiter, weiter!«

Feder Franz machte einen dritten Versuch. »Frau Ente!«, rief er. »Hören Sie mir doch bitte einen Augenblick zu! Ich suche eine Feder!«

»Wie aufregend!«, sagte die Ente, ohne den Blick von ihren Kindern zu wenden. »Wo bleibt ihr denn?«, rief sie. »Erna! Spritz nicht! Erwin! Lass sofort Ernas Bürzel los! Erika! Misch dich da nicht auch noch ein! Nein, ich will jetzt nicht hören, was Erna zu Erwin gesagt hat! Was erzählst du da, Emil? Dass du einen fliegenden Wolf gesehen hast? Ich habe dir doch gesagt, dass Wölfe nicht fliegen können! Wo fliegt ein Wolf? Oben? Wo oben?«

Ärgerlich schaute die Ente hoch und erblickte Feder Franz, der immer noch wartend über dem Bach schwebte. »Ach was!«, sagte

die Ente. »Das ist kein Wolf, das ist eine Feder!« Doch dann erinnerte sie sich, dass irgendwer gerade gesagt hatte, er suche eine Feder, und so rief sie Franz zu: »Gut, dass ich dich treffe! Da sucht jemand eine Feder. Vielleicht meint er dich!«

»O nein!«, rief Feder Franz.

»O doch!«, schnatterte die Ente. »Ich habe es genau gehört. Und jetzt etwas Tempo, Kinder! Vorwärts!«

Entmutigt flog Feder Franz weiter.

Wisst ihr, was eine Vogelscheuche ist? Sie sieht so aus wie ein Mensch und ist doch nur aus Stöcken, Lumpen und alten Kleidungsstücken gemacht. Ein Gebilde, das Bauern manchmal auf ihren Feldern aufstellen, um den Vögeln Angst einzujagen. Die nämlich sollen denken, dass da der Bauer selber steht, um auf seine Felder aufzupassen. Weil aber Feder Franz bisher weder einen Bauern noch eine Vogelscheuche gesehen hatte, empfand er beim Anblick der ersten Vogelscheuche seines Lebens keine Furcht, sondern Ehrfurcht.

Wie ruhig der dasteht!, dachte er sich. Und wie nachdenklich er aussieht!

Kaum wagte es Feder Franz, die Vogelscheuche beim Nachdenken zu stören, doch dann fasste er sich ein Herz und sagte: »Darf ich Ihnen eine Frage stellen?«

Ein Wind kam auf, der den Mantel der Vogelscheuche bauschte und am Blechtopf rüttelte, der ihr als Kopf diente.

Er nickt mit dem Kopf!, dachte Feder Franz erfreut und fragte: »Sie haben hier nicht zufällig eine kleine graue Feder vorbeifliegen sehen?«

Wieder rüttelte der Wind am Blechtopf, doch diesmal kam es Feder Franz so vor, als ob die Vogelscheuche den Kopf schüttle.

»Nein?«, fragte er traurig. »Haben Sie trotzdem vielen Dank. Sie haben mir wenigstens zugehört und geantwortet. Wissen Sie, dass Sie der Erste sind, der das getan hat?«

Der Wind blähte den Mantel der Vogelscheuche, so dass es Feder Franz schien, als zucke sie erstaunt mit den Achseln.

»Doch!«, rief Feder Franz. »Genau so ist es!« Und ermutigt durch so viel Anteilnahme, begann er seine ganze Geschichte zu erzählen. Er erzählte von seiner großen Liebe zu Feder Frieda und von seinem

großen Fehler, sie allein gelassen zu haben, vom unhöflichen Fisch und von Professor Schwatzkatz, von den misstrauischen Tauben und von der albernen Kröte, vom gefräßigen Kauz und von der eitlen Katze, von Frau Ente und von ihrem Geschnatter.

»Es ist, wie ich es Ihnen sage«, rief Feder Franz. »Bisher hat mir niemand richtig zugehört, geschweige denn meine Frage nach Feder Frieda beantwortet. Alle wollten nur von sich selber reden! Was sagen Sie denn dazu?«

Da sich gerade kein Wind regte, stand die Vogelscheuche bewegungslos in der Mittagssonne.
»Sie haben recht!«, rief Feder Franz. »Da ist man einfach sprachlos! Doch nun möchte ich Sie nicht länger beim Nachdenken stören! Lassen Sie mich nur noch dies sagen: Sie haben mir wieder Mut gemacht! Es ist so wichtig, seine Sorgen mit jemandem besprechen zu können, der nicht immerzu nur an sich selber denkt! Vielen herzlichen Dank!«
Ein Windstoß bewegte die Ärmel der Vogelscheuche.
Wie freundlich er ist!, dachte Feder Franz beim Davonfliegen. Er winkt mir nach!

Wisst ihr, wer dafür sorgte, dass Feder Franz seinen ganzen neugewonnenen Mut ganz rasch wieder verlor?
Es war eine sehr grüne, sehr große, sehr alte Eidechse, die sehr verärgert auf einem sehr heißen Stein saß und vor sich hin schimpfte. Sie hatte sich an diesem Tag bereits über den Lärm der Spatzen geärgert, dann über die Rücksichtslosigkeit der jungen Eidechsen, dann über das Geschrei der Mauersegler, und zur Zeit ärgerte sie sich darüber, dass sie keinen Anlass hatte, sich über irgendetwas zu ärgern. Da kam ihr Feder Franz gerade recht.
»Entschuldigen Sie bitte«, sagte Feder Franz, »ich habe eine Frage.«
»Ich auch!«, erwiderte die Eidechse böse. »Könntest du mir unverzüglich aus der Sonne gehen? Ich nehme hier nämlich ein Sonnenbad!«
»Oh, Verzeihung!«, sagte Feder Franz und flog eilig zur Seite. »Ist es besser so?«
Die Eidechse kniff missmutig die Augen zusammen und schwieg.
»Ist hier zufällig eine kleine graue Feder vorbeigeflogen?«, fragte Feder Franz.
»Woher soll denn ich das wissen?«, fragte die Eidechse empört. »Glaubst du, ich hätte nichts Besseres zu tun, als auf kleine graue vorbeifliegende Federn zu achten? Oder auf lästige Fragen von großen grauen vorbeifliegenden Federn zu antworten? Was soll dieses Herumgefliege überhaupt? Als ich so alt war wie du, bin ich doch auch nicht am helllichten Tage durch die Gegend geflogen. Da habe ich –«
»Aber du kannst doch gar nicht fliegen!«, warf Feder Franz verblüfft ein.
»Ob ich fliegen kann oder nicht, das lass nur meine Sorge sein!«,

zischte die Eidechse. »Als ich so alt war wie du, habe ich jedenfalls keine Zeit für solche Späße gehabt. Weil ich den ganzen Tag gelernt habe, gelernt und nochmals gelernt. Jawohl!«
»Gelernt?«, fragte Feder Franz. »Was denn?«
»Was denn, was denn!«, rief die Eidechse empört. »Nun hör sich doch einer diesen Grünschnabel an! Mückenfangen natürlich. Auf der Mückenfangfachschule – wo denn sonst? Und als ich so alt war wie du, hatte ich bereits das Zeugnis in der Tasche. Lauter

Einsen! Und du? Hast du in deinem Leben auch nur einmal eine einzige Mücke gefangen, du windiger Wicht?«

»Wozu denn?«, fragte Feder Franz verwirrt. »Ich mag doch gar keine Mücken!«

»Aha!«, sagte die Eidechse grimmig. »Aber alten Leuten, die ihr Leben lang ernsthaft gelernt und ehrlich ihre Mücken verdient haben, Vorwürfe machen, das kannst du – wie?«

»Vorwürfe?«, fragte Feder Franz verzweifelt. »Welche Vorwürfe denn?«

»Wer hat denn gesagt, dass ich nicht fliegen kann?«, rief die Eidechse. »Und wer –«, doch mehr hörte sich Feder Franz nicht an. So schnell er konnte, flog er weiter.

Wisst ihr, woher Feder Franz die Kraft nahm, immer noch weiterzusuchen?
Ach, er wusste es selber nicht. Eigentlich hätte er todmüde sein müssen, stattdessen flog er schneller und schneller. Schon hatte er die Seen, Wiesen und Felder hinter sich gelassen, schon schwebte er über Vorstadtgärten, da sah er in einem dieser Gärten einen großen, oben offenen Glaskasten stehen und in diesem Glaskasten ein kleines Tier, das unruhig hin und her hüpfte. Schau an, überlegte Feder Franz. Ein kleines, graues Tier mit einem langen Schwanz. Wenn es stimmt, was Professor Schwatzkatz gesagt hat, dann müsste das eine Maus sein. Und im nächsten Augenblick war er auch schon unten. »Hallo, Maus!«, sagte er freundlich. Die Maus machte einen Riesensatz und starrte Feder Franz erschreckt an.
»Komm bloß ran!«, piepste sie. »Aber nummerier dir vorher schon mal deine Knochen! Ich bin nämlich gelernter Boxer. Ein Schlag, und deine eigenen Eltern erkennen dich nicht wieder. Also! Komm ran, wenn du Traute hast!« Und bei diesen Worten fuchtelte die Maus mit zitternden Fäusten in der Luft herum.
»Ach, Maus!«, sagte Feder Franz noch freundlicher. »Ich will dir doch gar nichts tun! Ich möchte dir lediglich eine Frage stellen!«
»Eine Frage?« Die Maus ließ die Fäustchen sinken und schaute Feder Franz misstrauisch an. »Bist du von der Polizei?«
»Aber nein!«, antwortete Feder Franz. »Ich suche jemanden.«
»Einen Einbrecher?«, fragte die Maus aufgeregt. »Oder einen Mörder?«
»Nein, nein, nichts von alledem«, sagte Feder Franz. »Ich suche eine Feder.«
»Aha! Du bist also Privatdetektiv!«, sagte die Maus, die sich noch enger in die Ecke ihres Glaskastens drückte. »Und du denkst, dass

ich die Feder gestohlen oder umgebracht haben könnte? Tut mir leid, Schnüffler, da bist du an der falschen Adresse! Ich habe nämlich ein astreines Alibi!«

»Ein was?«, fragte Feder Franz erstaunt.

»Ein Alibi!«, piepste die Maus. »Ich kann nämlich lückenlos beweisen, dass ich als Täter ausscheide, weil ich gar nicht aus meinem Glaskasten herauskann. Sieh dir die Wände an! Spiegelglattes Glas! Und außerdem habe ich noch einen Zeugen! Frag meinen Besitzer!

Er wird dir bestätigen, dass ich diesen Kasten noch nie verlassen habe. Schon gar nicht, um eine Feder zu morden!«
»Deinen Besitzer?«, fragte Feder Franz, doch ein Geräusch veranlasste ihn, erschreckt hochzufliegen.
»Da kommt er, um mir das Abendessen zu bringen!«, rief die Maus. »Frag ihn doch! Er ist mein Zeuge!«
Aber Feder Franz hatte sich schon aus dem Staube gemacht.

Wisst ihr, was schlimm ist? Dass alles Schlimme immer noch schlimmer werden kann.
Feder Franz war nicht lange geflogen, als ihn auf einmal die Müdigkeit übermannte. Hilft nichts, ich muss weiter!, sagte er sich, dann aber dachte er: Ein ganz, ganz kleines Päuschen wird mir guttun!, und schließlich: Was ist denn schon dabei, wenn ich mich einen Augenblick lang auf dem Oleanderstrauch da unten ausruhe?
Kaum aber hatte er sich auf dem Oleanderstrauch niedergelassen, da schlief Feder Franz ein. Und kaum war er wieder aufgewacht, da erwartete ihn ein neuer Schreck: Im Schlaf war er derart unglücklich zwischen die Blätter des Oleanderstrauchs gerutscht, dass ihn weder die eigene Kraft noch ein Windstoß daraus befreien konnten.
»Hilfe!«, rief Feder Franz, und dann noch einmal: »Hilfe!«
Da hörte er ganz in der Nähe Stimmen. »Da hat jemand ›Hilfe‹ gerufen«, sagte die eine.
»Du spinnst!«, erwiderte die andere. »Wer soll denn hier ›Hilfe‹ rufen? Ist doch niemand da!«
»Hilfe!«, rief Feder Franz und versuchte herauszufinden, wer da eigentlich redete. Waren das nicht zwei kleine Hunde?
»Hilfe!«, rief er zum dritten Mal.
»Schon wieder!«, sagte der erste kleine Hund zum zweiten. »Im Oleanderstrauch ruft jemand um Hilfe!«
»Wer soll denn in einem Strauch um Hilfe rufen?«, fragte der zweite Hund. »Etwa ein Blatt?«
»Aber ich habe es doch ganz genau gehört!«, sagte der erste Hund.
»Ach was! Blätter rufen nicht um Hilfe«, erwiderte der zweite Hund. »Komm, wir ziehen weiter!«

»Aber ich bin doch gar kein Blatt!«, rief Feder Franz. »Ich bin hier eingeklemmt! Bitte holt mich raus!«
»So hör doch!«, sagte der erste Hund zum zweiten. »Da bittet uns jemand darum, dass wir ihn aus dem Oleanderstrauch rausholen!«
»Wer denn?«, fragte der zweite Hund ungeduldig.
»*Ich* bitte darum!«, rief Feder Franz. »Ich bin kein Blatt, ich bin eine Feder!«

»Hast du's gehört?«, fragte der erste Hund den zweiten. »Da ruft eine Feder!«
»Eine Feder in einem Oleanderstrauch?«, fragte der zweite Hund mitleidig. »Mach dich nicht lächerlich! Ein Oleanderstrauch ist doch kein Huhn! Komm jetzt! Wir wollten doch noch die Katze von nebenan ärgern!« Beschämt schloss sich der erste Hund dem zweiten an, und gemeinsam liefen die beiden in den Nachbargarten.
»Hilfe!«, rief Feder Franz hinter ihnen her. »Hilfe!!« Doch keiner der beiden hörte ihn mehr.
Dafür hörte er plötzlich etwas.
»Ej! Eine Feder!«, sagte jemand, und dann spürte Feder Franz, wie ihn eine Hand vorsichtig aus den Blättern befreite.

Wisst ihr, was Feder Franz nun erwartete? Die größte Überraschung seines Federlebens.

»Guck mal, was ich im Oleanderstrauch gefunden habe!«, rief Moritz und zeigte seiner Mutter eine große graue Feder. »Würde die nicht auf mein Geburtstagsbild passen?«

»Zeig mal her«, sagte die Malerin. »Sie ist hübsch, aber ...«

»Aber?«
»Aber wohin mit ihr?«
»Du könntest sie doch dem Chinesen in die andere Faust stecken!«, rief Moritz. »So!«
»Stimmt«, sagte die Malerin, »das sieht gar nicht übel aus. Ja, ja! Das sieht sogar sehr gut aus!«
»Finde ich auch«, sagte Moritz. »Bekommst du mein Bild auch bis morgen fertig?«
Die Malerin schaute auf die Uhr.
»Du schaffst es schon. Ich lass dich jetzt auch bestimmt in Ruhe«, sagte Moritz und ging hinaus.
Natürlich ahnten weder Moritz noch die Malerin, was zur selben Zeit im scheinbar so stillen Malzimmer vor sich gegangen war. Da Menschen Federn nicht hören können, hörten sie weder, wie Feder Franz »Frieda – du hier?« rief, noch wie Feder Frieda »Franz – wo kommst du denn her?« jubelte. Anfangs wollten die Rufe »Frieda, ach Frieda!« und »Franz, o mein Franz!« gar kein Ende nehmen, dann staunten die beiden Federn über den glücklichen Zufall, der sie wieder zusammengeführt hatte, dann versicherten sie einander, dass ihre Liebe noch genauso groß, nein, noch viel größer sei als vor der Trennung. Plötzlich aber fragte Feder Franz ängstlich: »Sag mal – was geschieht hier eigentlich mit uns?«
»Wir werden gemalt!«, sagte Feder Frieda. »Das heißt: Ich bin schon gemalt worden. Und jetzt wirst du dazugemalt.«
»Gemalt?«, fragte Feder Franz misstrauisch. »Tut das weh?«
»Ach Franz!«, lachte Feder Frieda.
Und dann erzählte sie Feder Franz alles, was sie über die Malerei erfahren hatte. Dass man dazu teure Ölfarbe und feine Pinsel nimmt, dass es ganz berühmte Maler und ganz unermesslich wertvolle Bilder gibt und dass Bilder ganz, ganz alt werden können.
»Wie alt?«, fragte Feder Franz aufgeregt.

»Sehr alt«, antwortete Feder Frieda, »Ölfarbe auf Presspappe hält nämlich eine Ewigkeit!«
»Und die Malerin da malt uns mit Ölfarbe auf Presspappe?«, fragte Feder Franz noch aufgeregter.
»Ja«, sagte Feder Frieda. »Und das Bild muss heute Nacht noch fertig werden, weil Moritz morgen Geburtstag hat.«
»Das heißt also, dass wir auf diesem Bild da für alle Ewigkeit vereint sein werden?«, fragte Feder Franz.
»So ist es!«, erwiderte Feder Frieda selig. »Nun kann uns nichts mehr trennen.«
»Nun wird uns nichts mehr trennen«, sagte auch Feder Franz.
Und gespannt sahen beide Federn der Malerin dabei zu, wie sie malte und malte.

Robert Gernhardt bei Fischer Klassik

Über alles
Ein Lese- und Bilderbuch
Band 90452

Lichte Gedichte
Band 90450

Lug und Trug
Drei exemplarische Erzählungen
Band 90449

Was das Gedicht alles kann: Alles
Texte zur Poetik
Herausgegeben von Lutz Hagestedt
und Johannes Möller
Band 90451

Fischer Taschenbuch Verlag

fi 555 124 / 1

Robert Gernhardt

Hinter der Kurve

Reisen 1978-2005

Herausgegeben von Kristina Maidt-Zinke

304 Seiten. Gebunden

Dass der Dichter, Maler und Satiriker Robert Gernhardt zeitlebens ein großer Reisender war, bezeugen viele seiner Texte und Zeichnungen. Darüber hinaus hat er seine Erlebnisse und Beobachtungen in diversen Ländern Europas und der Welt in seinen legendären ›Brunnenheften‹ dokumentiert. Eine Auswahl dieser Notate wurde nun erstmals zusammengestellt und ergibt einen Reiseführer der besonderen Art: Quer zum kosmopolitischen Mainstream rückt Gernhardts scharfer, kluger, teils ironischer, teils melancholischer Blick auf Land und Leute, Architektur und Kunst, Natur und Tourismus beliebte Reiseziele in ein ungewohntes Licht.

S. Fischer

fi 1-025513 / 1

Robert Gernhardt

Toscana mia

Herausgegeben von Kristina Maidt-Zinke

368 Seiten. Gebunden

Bisher unbekannte Texte und Zeichnungen von Robert Gernhardt

Seit den siebziger Jahren verbrachte der Lyriker, Schriftsteller, Maler und Zeichner Robert Gernhardt einen großen Teil seiner Lebens- und Arbeitszeit im toskanischen Montaio. Seine Beziehung zu dem Ort und seinen Bewohnern, seine Begegnungen mit der faszinierenden, aber auch gefährdeten Natur und Kultur Mittelitaliens hat er in seinem vielgestaltigen Werk immer wieder zum Thema gemacht. Darüber hinaus enthalten seine Notiz- und Skizzenbücher, die legendären Brunnenhefte, eine Fülle von bislang unveröffentlichtem Toskana-Material in Wort und Bild. »Toscana mia« – noch von ihm selbst geplant, von Kristina Maidt-Zinke zusammengestellt und herausgegeben – gewährt erstmals Einblick in die Brunnenhefte und zeigt eine Sehnsuchtslandschaft der Deutschen aus Robert Gernhardts ganz besonderer Sicht.

S. Fischer

fi 1-025512 / 1

Alles über den Künstler
Zum Werk von Robert Gernhardt
Herausgegeben von Lutz Hagestedt
Band 15769

Schon längst zählen die Bücher des Malers, Zeichners und Schriftstellers Robert Gernhardt zu den Klassikern der Gegenwart. Wie kaum ein anderer paart er in seinen Gedichten, Bildgeschichten, Parodien, Erzählungen und Zeichnungen ungeniert Witz und Tiefsinn. Autoren, Kritiker, Wissenschaftler geben jetzt einen Überblick über das umfangreiche und unvergleichliche Werk Robert Gernhardts. Eingehend wird seine Literatur interpretiert, sein Humor analysiert und sein Spiel mit der Tradition beleuchtet. Ein Buch für alle, die genau wissen wollen, warum Robert Gernhardts Bücher stets aufs Neue begeistern.

»Robert Gernhardt kann, was andere eben nicht oder nicht mehr können: belehren und unterhalten und beides auf höchstem Niveau.«
Ulrich Weinzierl, Die Welt

Fischer Taschenbuch Verlag

fi 15769 / 1

Robert Gernhardt
Gesammelte Gedichte 1954 – 2006
1168 Seiten. Gebunden

Sämtliche Gedichte von Robert Gernhardt in einem Band

1954 begann der Gymnasiast zu reimen, heute gilt Robert Gernhardt als einer der bedeutendsten Lyriker deutscher Sprache. Seine Meisterschaft: der elegante Balanceakt zwischen Leichtem und Schwerem, zwischen der Komik des Lebens und dem bitteren Ernst menschlichen Strebens.

»Dichter können die Welt nicht verändern?
Zuweilen doch. Der Dichter Robert Gernhardt jedenfalls
hat die Welt verändert, indem er seine Leser verändert hat,
und seine Leser zählen nach Millionen.«
Ulrich Greiner, Die Zeit

S. Fischer

fi 1-025511 / 1

Robert Gernhardt
Bernd Eilert
Peter Knorr

Erna, der Baum nadelt!

Ein botanisches Drama am Heiligen Abend

Band 17808

Unglaublich! Es hätte ein ruhiges und besinnliches Weihnachtsfest für Schorsch und Erna Breitlinger werden können. Doch völlig unerwartet werden sie zu Zeugen eines schrecklichen Unglücks: Der Baum beginnt zu nadeln. Schorsch und Erna sind fassungslos, die Kinder spotten und keiner weiß, was zu tun ist. Ein dramatisches Schauspiel nimmt seinen Lauf.

Der Weihnachtsklassiker in erweiterter Neuauflage mit zwei neuen Dialektfassungen: Fränkisch von Klaus Ruppert und Berlinerisch von Claudia Rusch.

Fischer Taschenbuch Verlag

fi 17808 / 1

Robert Gernhardt

Die Falle

Eine Weihnachtsgeschichte

Band 15768

Herr Lemm hat beim Studentenwerk einen Weihnachtsmann bestellt. Dieser soll die Geschenke überreichen und seinen beiden Kindern kräftig ins Gewissen reden. Doch der falsche Heilige hat einen anderen Plan. Als er vor dem Baum und der erwartungsvollen Familie steht, schnappt die Falle zu.

Fischer Taschenbuch Verlag

fi 15768 / 1